KB162083

박원희 시집

고양이의 저녁

시선 195

고양이의 저녁

인쇄 · 2024년 9월 1일 | 발행 · 2024년 9월 10일

지은이 · 박원희
펴낸이 · 한봉숙
펴낸곳 · 푸른사상사

주간 · 맹문재 | 편집 · 지순이, 김수란, 노현정 | 마케팅 · 한정규
등록 · 1999년 7월 8일 제2-2876호
주소 · 경기도 파주시 회동길 337-16(서패동 470-6) 푸른사상사
대표전화 · 031) 955-9111(2) | 팩시밀리 · 031) 955-9114
이메일 · prun21c@hanmail.net
홈페이지 · http://www.prun21c.com

이 책은 충청북도 CHUNGCHEONGBUK-DO 충북문화재단 Chungbuk Cultural Foundation의 후원을 받아 예술창작활동
지원사업의 일환으로 발간되었음.

푸른사상
시선

195

고양이의 저녁

박원희 시집

푸른사상
PRUNSASANG

시들이 잠들러 간다
나의 부모처럼 영원히,

시들의 무덤을 쳐다본다.

그리고
사랑한다 시여!

풀어놓지 못한 말들은
구천을 맴돌고,

세상이
아무리 시끄러워도
조용한 밤이다.

얼른 새벽이 오기를

2024년 여름
박원희

| 차례 |

■ 시인의 말

제1부

제2부

제3부

제4부

제1부

테트라포드

산다는 것은 목숨을 거는 일이다
죽는다는 것은 목숨을 버리는 일이다
삶과 죽음의 경계에 있다는 것은 목숨을 걸어야 할지
버려야 할지를
산다는 것을 생각하며
길을 바라본다
가야 하나
말아야 하나
방파제 끝
테트라포드가 서 있는 저녁

산길

무섭기는 무섭데요
걸어가는 것도 아니고
차를 타고 가는데도
짐승이 되어버린 것 같데요
산에는 많은 생명을 품고 있지요
어릴 적부터 겁 많은 나는
혼자 고모 집 넘는 언덕길도 밤에는
가지 못하고
산길을 늦은 밤
오늘은 가는데
고라니 한 마리 불빛에 놀라 나를 보구요
비척비척 껑충껑충 뛰어서
들어갈 숲을 못 찾고
한참을 뛰어가다가 숲으로 들어갔어요
숨 가쁜 시간
감쪽같이 없어지니
너구리가 나타났어요
북슬북슬 잿빛 털이 빛나는

그놈은 옆구리 길로 가려고 보는데
잘 보이지 않나 봐요
밤에 검은 밤에 달빛을 가는데
하얀빛이 어둠보다 더 짙은 암흑이었는지
길에서 길을 못 찾고
숲을 바라보고
아니 보일 때까지 보고 있는 듯
라이트를 끄고
나는 서 있었어요
길가 숲으로 들어갈 때까지
잠깐이지만 긴 시간이었어요
아무래도 산길에서 차 안의 나보다
그놈들이 더 공포이었겠지요
미안한 산길
그들에게는 내가 간 길은
길이 아니었는지도 모르지요

떠나는 길

떠나는 길에는
돌아오지 않는 자세로 떠나야 한다
가는 길은 끝이 있어도
퇴로가 없는
살아본 길은 있어도
살아갈 길은 없는
적막한 삶이 기다리고 있는
막다른 길

떠나는 길에는
준비는 있어도
준비의 설렘은 있어도
설렘의 마지막은 없는
여명의 새벽처럼
나지막한 빛이 있을 뿐
그 빛만이 찬란하게 보일 뿐
기다림은 흔적 없이 지워지고 말아
고요한 세상

떠나는 길에는
이미 미래는 정해진 길
과거는 사라지고
머물러 있는 사람도
사라지고

떠나는 길에
섰을 때
이미 떠난 것들만 있을 뿐
모두 사라져갈 뿐

장마

비 온 뒤 맑은 하늘 아래
수증기 오르는 산 구름에 싸인 듯 벗어나는 듯
푸른 하늘 흰색 구름 녹색의 산이 수채화 같다
멀리서 바라보는
풍경

장마는 그렇게 일그러진 풍경을 남겼다

사라졌다

검게 그을려가는
정신을 붙들고
가물 해져가는 심장
발끝을 붙잡고 노래하는 나여
어디로 가는가
갈 길 없는 길에서

장마는 강을 넘치고

도로를 넘치고
집을 넘치고

흙을 안고 무너지고
장마 눈물을 안고 떨어지던
물 그치고
남은 풍경
폐허 앞에서

멀리 수채화 같은 풍경을 본다
멀미가 나는 풍경
화폭에 담기지 않는 수채화

장마
모든 것을 삼키고 사라진
물
시야에서 사라져간
풍경

폐허 앞 멀리

장마의 끝

멀리

무지개

꿈

꿈에 나는 하늘을 몇 번씩 오고 갑니다
하늘에는 돌아가신 할머니 엄마
모두가 별처럼 반짝입니다
나는 깊은 밤 꿈을 꾸고
하늘에 다녀옵니다

늙은 애인

구름이 산에 걸려 가을을 못 넘어가고
산은 구름에 가려 산의 높이를 알지 못하고
나의 어린 애인은 늙어서 왔다
이미 사랑이 끝난 골목의 끝
살면서 가져온 분노를 슬며시 내려놓고
젊은 날 내가 말하지 못한 사랑에 기대서
약간의 눈시울에 노회한 심정만 풀어놓고
우리들의 부모와 같이 늙어가면서
누구라도 말할 것 없는 눈을 바라보다
눈가의 주름 속으로 말하는 나를 본다
젊은 그날처럼 꽃을 보며 웃는다
이름을 부른다

맹꽁이

갑자기 비가 내리는 날

나는 슬픈 것을 보면 슬프다
영동읍 매천리에서 비 내리는 날 물로 뛰어드는 맹꽁이를
보았다
맹꽁맹꽁 맹꽁이로 산 맹꽁이가
내가 걸어가니 물로, 비 오는 물로 기어든다
빠른 속도로 회오리치며
빨려드는 물속으로
영동읍 매천리에 주소를 두고 살았던 생명이
빠른 물속으로 같이 들어가는 것을 보았다
살아 있는 것이 엄한 것을 피하니 열반이다
우수관으로 빠지는 맹꽁이를 보며
나는 슬픈 것을 보면 슬프다

존재

존재의 가치를

바퀴벌레에서 찾는다

싱크대 구멍을 기어올라

날개를 접고 지상의 낮은 곳으로 가려다

실패한 날

나를 만났다

빠르다

상대적으로 느린 나의 비존재를

재빠르게 피하는 현대

날개를 펴고 비상을 꿈꾸지도 않고

세상을 향해 그림자도 남기지 않기 위해

어두운 길로만 다녔는데

사랑도 은밀하게

아무도 모르게

바퀴벌레 빠르게 움직인다

나 아니, 사람을 아니, 생명체를 인지한 순간

부딪히지 않기 위해

존재를 거부하는 삶

어두운 곳을 향하여

그림자 없는

음부(陰部)를 향하여

기어이 들어가겠다고

구석으로 구멍을

찾아 나서는 자여

삶을

그렇게 사랑한 자여

문장

모든 문장은 슬프다

축사도 슬프다

비극도 슬프다

너무 웃긴 희곡도 슬프다

사실도 슬프다

사실이 웃겨서 눈물이 찡그린 얼굴로 그려지고

사실이 아닌 줄 알면서도

문장은

모든 문장은 흔적을 남긴다

모래알 같은 글씨들로 가득한 세상

사막 같은 문장들

슬프다

세상을 구제하지 못하는 문장

연애편지도 슬프다

노동문제의 구호도 슬프다

정치가의 연설도

코미디언의 해학 가득한 문장도 슬프다

비정규직 노동자들에게 드리는 선언문이 슬프다

반구대 암각화에 그려진 읽지 못하는 문장들이 슬프다
신문의 사설
소설의 문장
시의 문장들이 슬프다
바람 부는 날 생잎으로 떨어진 낙엽이
뒹구는 도로의 문장
바큇자국이 남기고 간 문장의
스키드마크들이 슬프다
세상의 말들이
모래알처럼 건조한
문장으로 엉키는 오늘의 해안가 사구가
눈물을 흘리고 문장을 만들고 있을 때
바람 맞으며 없어진 냇가의 모래언덕
들어서지 못하는 가슴이 슬프다
흐르는 물이 슬프다
여기저기 거품처럼 떠다니는 문장의 소리
마냥 슬프다

구름의 두께

구름이 맑은 날 하얗게 있다
버스를 타고 구름처럼 많은 사람이 있는
서울 가는 중
비를 뿌리던 구름이 하얗게
층층나무처럼 자랐다
뿌리도 없이 두께를 가지고
무엇이 있는 듯 하늘에 떠
바람 부는 곳 가볍게
간다
나도 간다
서울
구름의 두께는 얼마일까
사람의 두께는
서울 가는 길
잴 수 없는 시간을 따라 나는 가는데
무릇 슬퍼지는 생각 가운데
구름의 두께와 무게를
측량할 수 없는 마음을

물리적 하루와

벗지 못하는 나의 생각

구름의 두께는 얼마나 있어야 슬픔으로 내릴까

나는 얼마나 젖어야 울 수 있을까

가볍게 구름은 하늘을 가고

나는 서울 가는 중

모든 것의 두께는 얼마나 쌓여야

자신을 드러내는 것일까

닭

언제부터인지

닭을 먹고 오리발을 내민 건지

오리를 먹고 닭발을 내밀었는지

잘 기억이 나지 않는다

닭 부린지 발인지 발톱인지

걸을 때쯤 할퀴었다는 흔적

얼굴에 기다란 상처가 없어질 그때

나는 사춘기를 앓았고

엄마와 사투 아닌 사투로 질기게

살았다

산다는 것이 살에 와닿는 순간

몸에 닭살이 돋았다

간이 예비군 훈련장에서 예비군도 되기 전에

피난을 나와 종일 쭈그리고 앉아 있던 날

잔디밭 해가 좋은 따뜻한 곳 나도 앉아 있었고

뱀도 앉아 있었다

관심 없이 있었다

차가운 뱀을 생각한 순간에도

닭살은 가시지 않았다

해가 지기 전

뱀은 흔적도 없이 사라졌다

혹시 저놈도 나의 전생일지

아니 그때는 아무 생각 없이 나의 사춘기처럼

뱀도 없어진 것이다

내 몸에 온 닭살만 남아 기억을

도돌이 하고 있을 때

나의 젊은 시계는 길을 잃었다

방황

장연에서 길을 잃었다
사람이 없어진 곳에서는
집도 없는 것이다
임인년을 보내는 밤
옛사람의 흔적을 찾아서
별을 따라온 길
연락도 해보지 않고
기별도 없이 왔으니
이제 나는 문경으로 가야 하나
괴산으로 가야 하나
이정표를 바라보며
나를, 길을 묻는다
계묘년을 맞이하는 세밑
나는 육십갑자
모든 해를 살아본 경험이 있는데
모든 해가 낯설었듯
오늘이 낯설다
항상 그곳은 그냥 있을 것 같은 생각에

내 뒤통수는 까이고
세월에도 까이고
다시 돌아온 육십갑자가
까르르 웃다가
별을 따라 검은 눈밭을
검은 토끼가
검은 밤을
뛰는 듯
나는 별을 보고 있으면서
갈 길을 잃은 밤

곡우의 우암산

우암산 딱따구리 집 짓는 소리
딱따그르르
내 발길을 따라 계속 따라오고
세상에 욕심이 뭐 있냐 하며
따따그르르
딱따그르르
심산의 목탁 같은 소리
딱딱
햇빛 좋은
봄날
세상에 몸 맡겨
딱따그르르
선거가 끝나고
평가는 안 끝난
세상 사람 심란한 마음은
강아지 줄 따라가고
백 년을 이어온 역사도 잠들어 있는
나무에 대고

날 맑은 곡우에 비는 안 오고
풍년이나 들게 해달라고
우암산 딱따구리는
딱따다그르르
딱따그르르

봄날
― 겨레 씨의 죽음에 부쳐

개나리꽃이 무성한 날
표정이 없던 한 사내가 죽었다
영안실에서는 아무 말이 없었다
아내도 자식도 친구도 없는
그에게 들려온 말은
그렇게 혼자 죽었다. 이다
먹는 것도
입는 것도
타는 것도
자는 것도
눈을 뜨지 못하는 것도
안식이 될는지는 모른다
살아서는 민감한 것들이
스며들어 굳어버린 몸
개나리꽃 위로
벚꽃은 함박눈처럼 지고
그가 매일 지나던 길에
무심히 걷던 한 사내

벚꽃 지면

이파리처럼 파랗게 살아 오를 것 같은 봄

붉은 달
― 월식의 토

　붉은 마음을 희미하게 쏟아내는 월식을 본 적이 있나요. 씨앗을 한 움큼 던지듯이 말이에요. 둥글고 노란 보름달이 스르르 잠들러 가는지, 점점 어두워지는 밤에 개벽의 달은 시큰둥 없어졌는데, 달을 토해내는 그림자를 붉게 드러내는 마음을 아시나요. 아무리 신화가 지워지고, 달에서 내려가는 선녀의 두레박이 가져간 마음을 저렇게 토해내고 있는, 무엇에 들킨 듯한 부끄러움, 월식이 붉은색 연지의 흔적이란 걸.

제2부

비단길

내가 이 밤에 가는 길은, 길이 아니다. 물음표를 찍을 수 없으므로 미궁도 아니다. 혁명이 모두 모래 속에 묻힌 타클라마칸사막의 가장자리를 지나는 비단길에서 비단 같은 꿈을 꾸고 현실에서 방황하는 낙타는 외롭다. 깊은 사막의 꿈은 접고 가장자리로 더 가장자리로 발걸음을 옮기는 대상들이여, 오아시스를 찾아가는 동방박사들 꿈은 외롭다. 양탄자를 타고 천일의 야화를 꿈꾸며 날고 싶은 낙타는 깊은 속눈썹을 깜박이고, 대상이 끄는 대로 발길을 옮긴다. 인생의 허방을 딛고 온, 낙타가 된다. 발목 깊이 빠지는 모래나 장마에 생긴 뻘이나, 나라 이름도 못 붙인 신장위구르자치구. 변방을 돌아가는 낙타, 없어진 눈썹을 매만지며 걷는다. 모든 대상이 가는 이 밤길.

돼지는 간다

비 맞으며 돼지는 간다

옴짝달싹할 수 없는 공간에 웅크리고

차에 실려 간다

저 가는 곳을 아는지 모르는지

오늘은 하느님이 처음 씻겨주는 빗물로 샤워를 하며

비는 시나브로 내리고

예전에 비 많이 오던 날 강가에 흘러가던

장마의 돼지도 갔다

가는 곳이 다 어딘지 나는 알아도

저들도 직감할 것이다

가는 동안 돼지는 비를 맞으며

몸을 씻고 마음을 씻고

처음 본 세상 구경에 눈 크게 뜨고 바라보는 만화경

눈물이 난다

푸르른 청춘도 푸르른 나무도

가을로 가는 길목에 비는 내리고

순간의 차이일 뿐

물이 떨어져

커다란 동심원을 그리는 호수가 보인다

내 눈 네 눈에

세상 모두가 가는 길은 같다

개미

　25톤덤프트럭을개미라고부르는친구가있었다한번한번움
직이며실어나른짐이산을없애고드디어는평지가된다우공이
산이라는말은옛말이고험한산이이들개미에의해흩어져세상
어디고가채워지고뿌려졌을것이다울퉁불퉁지구가둥글다는
걸알게된어느날세상은평지를만들어도평탄하지않은것을우
주선이보내는지구에사진은둥글고푸른데그우주선도거미나
곤충같은미물일것인데오늘자고일어나세상을갈아엎는개미
의꿈

금천

청주 주물공장이 있던 곳에서
금천을 생각한다
그 많던 사금파리들은 다 어디로 갔나
명암지를 지나 내려오던 물길은 복개되어 바라볼 수 없고
한 움큼도 못 되는 금은 다 어디로 갔나
삶의 꿈을 가지고 한없이 모래를 퍼 올리던 사람들
땀 냄새가 일렁이는 듯
청주 주물공장에서 하굣길
한없이 서서 바라보던 고모네 집 근처
사금파리들은
삼각대를 세우고 발목만큼 빠지는 개울에서
한없는 모래를 꿈을 퍼 올리던 아버지들
금천을 바라보며
복개된 하수구 끝
지금은 냄새만 피워내는
무심천 합류지 금천의 끝에 서서

목포에서

목포에 왔으니 바다는 봐야지
바다에 왔는데
파도는 밀물로 조금씩 바다를 길어 올리고
바다가 올라오는 만큼
슬픔도 길어 올라오데
100년 개항
목포에서
식민지 설움 더하여
해방되고도 독립 못 한 나라에 더하여
통일도 못 이루고 그렇게 사는 것에 더하여
무엇 그리 싸울 것이 많은지
시퍼렇게 싸우다 붉은 피를 쏟는 것에
푸른 바다에 짠물은 올라오고
뭍으로 뭍으로
뱉어내고 있는 거품은
진작 육지에서
바다로 간 슬픔 덩어리들
목포에서

바다를 보고

한 움큼 멍든 현대사가

밀물로 몰려오는

슬픈 것들의 슬픔을 보았다

죽음
— 조유나 양 일가족 죽음에 대한 명상

한 사내가 죽었다
한 아이도
한 엄마도

꺼내는 바지선 위 크레인에서 거꾸로 들려진 차는 차가운
물을 쏟고, 뻘을 쏟아내고, 크레인에 매달린 채 화면에 비치
고 있었다

새벽
화면에 비친 차의 사내는 여관에서
그날 봉지를 들고
엄마는 아이를 업고
신을 신고
마지막 확인을 했다

가상화폐 LUNA는 먼저 눈을 감고
썰물이 밀려오는 바다로 가는
길은 환하다

몇 번이고 망설이다 오늘은
사는 것이 죽는 것보다 어려운 날
그래도 살아보자고
두 달이 유예된 시간
한 사내는 죽었다
한 아이도
엄마도

천국은 없고
수국은 있는 듯
물속의 차는 자유로웠다
뒤집고 싶은 세상은 그렇게 왔다

변

새벽에

4시에 일어나 7시까지 화장실을 들락거리다

후들거리는 다리를 맞이한다

그간 세상을 버티며 살아온 다리

한 번은 거치며 인생을 지나가는 다리

때로는 흔들린 적도 있었지만

나를 지탱하고 가는 길에서

나의 다리 생각

생각은 머리로 하는 줄 알았던 시절

어느 코미디언의 궁둥이가 생각하는 것이라고 하는 말로
웃고

어느 선생님이 위가 생각의 근원이라고

먹지 않으면 생각도 안 되는 것이라고

천재는 먹보여야 한다고

배울 때

나는 위경련을 앓았다

다리가 후들거릴 때

배고픈 것이 아니라

정신이 산만할 때

배고프다는 것을 알았다

대장의 떨림을 알았다

누군가의 고행이 세상의 빛이라는 것

새벽 4시에서 아침 7시 사이

집 안에

여명이 오는 것을

다리가 후들거리는 것을

서벽

어쩌다 만나는 사람이 있으면 반가웠던

나는 떠돌이로 살던 때

서벽에서

돌을 만나면

무던히 안쓰러웠던 시간을

물을 넘어가면

또, 다시 물을 만나

세상의 징검다리가 되어도

사람이 그리웠던 서벽에서

부르지 못한 사람들의 이름을 부르면

푸른 침엽수림

메아리가 끝말잇기를 하고

잊힌 사람들이

징검다리를 넘는 물이 그려내던

서벽

맑은 물가

나는 서 있었다

한 줄기 물살을 흘려보내며

사람은 없고

고요가 있는 세상

가운데

물야에서

물야
어떤 세상이 몰려오던 물야
돌을 잘 쌓는 석공들이
둥근 돌을 둥근 눈사람처럼
구멍을 만들고
물막이하고
인연이 하나도 빠져나가지 않도록
기도하며 쌓던
물야
문수로* 따라 여름의 갈증을 씻던
계곡
삶마저 다 놓아버린 사람들이
간혹 침엽수 이파리처럼 바라보던 하늘
물야에 이르러 해탈한 고개들이
삐거덕거리며
백두대간을 넘던
물야
맑은 하늘이 호수에 앉아

숨을 멎은 곳
에라 나는
가슴 깊은 사랑 노래 부르고
아무도 듣는 이 없는 소리
문수보살은 아시려나

* 문수로 : 물야에서 서벽으로 넘어가는 길. 축서사가 있는 문수산을 끼
  고 돈다.

물의 노래

봄 수런거리는 물의 노래
잉어 붕어가 마름이 깔린 저수지에서
은색 몸통을 뒤집고 사랑을 한다
쫓아다니는 놈은 수놈이겠거니 하지만
바탕이 검게 변한 물은
돌아올 줄 모르고
사랑은 푸다닥 푸닥
시끄럽기 그지없다
나의 사랑도 모르는데
물고기의 사랑이야 더 모르지만
봄날 생명성의 물속
뜨끈한 사랑 드잡이하는
마름이 보이는 저수지
어암리에서
나는 사랑을 생각하였다
마음 놓고 동심원으로 일렁이는
파문
나로부터 이루어지는 삶

물속을 뒤집고
성욕의 우주에서 마름들을
휘감고 올라오는 몸
황금색 일장춘몽

고양이의 저녁

드럼통 위

고양이 새끼가 젖을 먹고 있습니다

젖을 먹이는 고양이는 서 있습니다

새끼 두 마리는 정신없이 먹고 있습니다

에미 고양이 눈을 부라리고

지나가는 사람을 쳐다봅니다

비는 오고 있었습니다

나는 우산을 들고 쳐다보았습니다

신기하고

불쌍하고

측은하다는 듯

어미 고양이 앞발을 들어

나에게 저리 가

저리 가

하며

발을 들썩이고

불쌍한 시대를 벼르며 가는

고양이

철길 옆 드럼통 위

기차는 생각 없이 지나가고

나도 지나가고

저녁은 언제나 비를 맞고

고양이는 소리 없이 젖을 먹이고

친구

가난이란
극복하기 어려운 것이다
친구는 시골에서
찢어지도록 가난했는지
나는 모른다
요즘이야
찢어지게 가난하다고 하면
뭔 말인지 모르지만
똥꼬가 찢어지도록 먹는다는 이야기이니
뭐든지 먹는다는 말로 이해할 것이다
마음이 가난해지는
현실의 풍요를 생각하면
가난이란 벌써 극복했는지도 모른다
연금 받고 부업하고 다른 일도 하고
건물 있고 집 있고 사무실 있고 한
친구가
다른 친구와 술을 먹고
불콰해져

요즘은 돈이 안 된다고
나는 가난하다고
말을 한다
나는 거기에 대고
연금 나오고 부업까지 하고
걱정하지 말라 살면 사는 것이다. 하니
친구가 버럭 화를 낸다
산다는 것이 그런 것이 아닌가
하고
생각 많은 시간이 흐른다

아주까리

아주까리가 열매는 몇 안 달리고
가시만 세상에 세웠다
잔뜩 흐린 날
비라도 쏟아졌으면 하는데
비는 안 오고
오라는 인부들도 안 오고
가슴에는 하지 못한 일들이 쌓인다
여름을 견디느라 힘들었는지
계산을 해봐야 작년이 더 더웠는지
올해가 더 더웠는지 알겠으나
일기예보는 올해가
하면서 억지를 쓰는 날씨가
아주까리 이파리는 누렇게 물드는 추분을 앞에 두고
일한다던 선배는 돌아갔다
아주까리 열매 가시 사이로 차가운 바람이 불고
나는 지금 아주까리 사이를 바라보며
우두커니 생각한다
오늘은 비가 온다고 일 안 하는 사람이나

오늘 그만두기로 한 선배나

아주까리같이 열매도 못 맺고 가시를 키우지 말기를

부는 바람 아주까리 검게 빛나는 열매

눅눅한 향기가 어느 날 배기를 바라며

나는 앉아 바람같이 지나가는 생각을 한다

미친 사랑을 위한 노래
— 신 공후인

백수광부 처의 노래처럼
무사히 건널 수 있을까
님하! 노래 불러도 물의 깊이를 이해하지 못한
세상을 무사히 건널 수 있을까
물가에서 아무리 노래 불러도
물살에 떠밀려가는 소리를
들을 수 있을까
들은들 거센 물살을 헤쳐 나올 수 있을까

물속에 빠진 저 사람
유혹에 빠진 저 사람
나를 떠난 저 사람

돌아온들

적막함이 더 깊은 물속
빠져들어 나오지 않는
백수광부의
미친 세상 속

깊은 소용돌이 같은
미친 세상 속

어서 가오 님이여
살아오기 힘들면
미친 듯 가실 것을

저 강을 건너가오
미친 세상 어이 건너가오
황천 건너 미치지 않는 곳으로
어서 가오

미치지 않은 세상으로
어서 가오

공후인 소리 끊어지면
강 건너 나도 있으리

보살사 가는 길

보살사 가는 길에 나는 보았다
접신을 하는 잠자리 떼
붉은 노을을 잔뜩 이고 풀 끝에서
바람에 일렁이며
곡예 하는 사랑을 보았다
삶은 언젠가 끝나는 것
붉은 노을처럼 활활 타오르다
어둠으로 들어가듯
접신을 마친 잠자리들이 각자 날아다니는 풍경
붉은 가을 저녁
보살사에 부처님
오셨나
가셨나

제3부

어머니 생신에

어머니 생신날 전화를 잡으니 통화가 안 된다
뚜- 없는 번호이니 한다
내 기억 속으로 전화를 하려 하니
도무지 떠오르지 않는다
어떻게 가능할까
돌아가신 어머니를 불러 소통할 방법이 없다
어머니 돌아가시며 당부한 아버지는
잘 계신지
하늘의 마음속에 정화수 받쳐놓고 기도를 하여도
도무지 헤아릴 수 없는 나의 불효를
진갑을 앞두고 외운다
바람 부는 날 어머니와 어릴 때 살던 영동에서
나는 막일을 하고
지상에서는 물을 수 없는 기도를 한다
어머니 생신날
혼자 일어난 방에서
전화기를 붙들고 언제 기억인가
되지 않는 전화를 한다.

무덤에서

빛바랜 세월이 묻어 있는 무덤에서
선산이라 묻힌 어머니 무덤에서
어머니에게 절을 하고 돌아서니
뒤가 묵직하다
제일 머리 오대조 할아버지부터
고조, 증조, 조부모 합폄한 무덤
모두 어버이인데
망초가 새까맣게 대궁*을 세우고
저물어가는 여름을
나를

하늘은 청명하고
내리는 서리는 백로를 지나는데
무덤에서
누렇게 바랜 이파리들이 파란 틈으로 웃는다

이미 육탈되어
영혼도 날아간 무덤 앞에서
할아버지, 할머니들이

달려온
욕망의 시간을
부여잡고 무덤에 들어
잡풀들 야윈 잔디들만 머리에 이고
잠들어

어머니
무덤에서
할머니, 할아버지
무덤에서

바라보는 먼 길

어디를 가시는지

산은 안 보이고
물길만 낮은 곳으로 흐르는가

* 대궁 : 대.

아버지 1

아버지도 떠나간 사람
나의 삶을 비껴 하늘을 만들고
아무것도 없게 만든 아버지
형제를 접고
세상을 접고
나는 혼자 길을 간다
소통할 수 없는 거리
대화의 공간도 잊힐 공간도 없는
옛집을 찾아가도
그림자도 없어진 아버지
나는 하모니카 소리 깊게 우는 시간을 거쳐 간 시대를
기타 소리에 울먹이며 딩딩 울던 시간 앞에서
아버지를 생각한다
원망도 불효도 잊은 지 오래
살고 있는 곳에서 잘 살기를
바람이 부는 날 나는 모두를 날려 보낸다
삶이란 혼자 사는 것
죽음도 삶의 과정이면 죽음도 혼자 하는 것

아버지의 기타 치는 소리
하모니카 울음소리
멀리 어머니의 부름 소리
꿈길에서
나는
아버지를 못 보살핀, 어이 말할까
원망이 묻어나는 어머니 꿈길에서
눈을 꼭 감으시고
큰길을 보시는데
꿈길에도 안 보이는
아버지

허산

허산에는행여집이하나있었다밑에는검은구들장들을석수쟁이가망치소리를내며두들기던소리가백사장모래를타고둑을넘어서쪽으로기우는해를모아받던곳거기서할머니는가지말라고하고어머니는아파트높은집일층에서말년을살고친구들은어린날을땡볕에서보낸허산허름한행여집서쪽의해를받아붉은기운이돌면할머니여울처럼불러모으던허산도시의끝할머니도어머니도행여집은열어보지도못하고없어지고강둑을따라도시의끝에우두커니섰던허산대머리방서동넘어가던곳어른들이부르던저녁이면붉은석양을온몸으로받던곳

장승백이 골목길

라일락 향기가 아름답게 피어오르는 계절도 이제 끝이겠
지요. 창가에 기대어 깊은숨을 몰아쉬는 것도, 고양이의 소
리 없는 발걸음같이 조용히 왔다 가는 고요가 내가 아는 사
랑일까요. 골목의 그림처럼 남아 있는 생각도 아무것도 아
니듯, 그렇게 남은 나는, 지금 시간 재개발 시행 공고판이
나붙은 골목 언덕을 마지막으로 넘어가는 라일락 나무에 걸
린 황혼을 바라보는 저녁 같은 마음이겠지요

이사의 시간

또 이사의 시간이 온다
무언가 잔뜩 웅크리고 살다가
무엇에 풀린 듯 떠나가는 이사
방에는 온갖 묵은 것들이 밤새 뒤척이면서
여기저기 쌓이고
구석에는 눈길도 가지 않던 것들이
쏟아져 나온다
20년 새 열 번째 이사라고 말하는 딸
귓등으로 들으며
떠돌이로 돌아다니며 사는 이사
나는 내가 머물렀던 모든 곳에 결로들이
곰팡이를 끼고 악전고투하며 살았다
보이지 않는 곳에서의 슬픔은
검게 흔적으로 남아 있고
빛이 들어오지 않는 방
이사란 웅크려놓은 것을 헤치고
자유의 시간을 싸는 것
이곳을 버리면 다른 곳을 얻는 것

오늘 밤을 넘기면

풀어헤친 이삿짐을 챙겨

버릴 것들을 남겨두고

떠나야 하는 삶

한 겹 벗는다고

달라지지 않고

그저 이사란 점점 더 가벼워지는 인생길

무언가 버려야 할 것들이 많아지는

몸도 가벼워지는

분서(焚書)

자본주의 시대의 가난이라고 하는 것

문자 시대에 접어들어서는
분서갱유도 있었지만
돈이 자산이 최고라고 배우는 지금
민법을 꺼내 드니
근대의 자유경제 시대
자본을 지키기 위한 군주와 시민의
쟁탈이 스쳐 가고
얻어진 것은 결국 그들 나름의 수탈
1차 2차 세계대전이 끝나도 이어지는
전쟁 자유인가 돈인가 목숨인가
끝나지 않은 전쟁 속으로 들어가
무언가를 다 퍼준 것 같은 나의 위정자는
누구를 지키는 사람인가
생각하다가

집 한 칸도 없어 여기저기

전세 월세 이사를 하고

오늘 또 이사를 준비하는데

아내의 말

"뭐 하느라 보지도 않는 책 싸 짊어지고 다니는지"

한심하다고 방에 묶어 쌓인 책 사이로 투덜투덜

심기가 상한 나도 쓴웃음을 지으며

진시황처럼 확

불 질러버리고 싶은

봄날

바닥

바닥에 도달한 사람은 안다

바닥에 스며들어 바닥으로 들어간 사람

바닥에 우두커니 서 있는 사람

바닥에 바닥이 있는 줄 알고 찾는 사람

바닥의 위가 하늘인 줄 알고 발버둥 치는

바닥이 무너진 사람

바닥에 가본 사람은 안다

바닥에 스며들어 바닥이 되어본 사람은

바닥이 무엇인지

바닥이 바닥이 아닐 때

바닥이 무저갱의 끝이 아님을

바닥에 굴착기를 밀어 넣어 땅을 파는 광부처럼

바닥을 파고 또 팔 때

바닥의 두려움은

바닥의 공포와 함께

바닥과 함께 마침내 버려졌을 때

바닥은 존재하는 것

바닥에 당도했을 때 달콤함, 그래도
바닥은 없다는 것을

바닥에서
바닥으로 수평 이동하는
바닥

바닥을 바닥을 바닥을
바닥에 바닥에
바닥은
바닥의
바닥임을 알 수 있을 때
바닥에서의 날갯짓
바닥에서의 파닥거림
바닥은 견고하다.

바닥은 어디로도 가지 않는다.

약

쥐약은 쥐를 잡고
모기약은 모기를 잡는데

양약은 입에 쓰다
돼지 쓸개를 먹이고
사탕을 주며
할머니 어린 나에게 하던 말
생각나는
"쓰니께 이거 먹어"

사람은 죽지 않으려고 약을 먹고
건강해지려고 약을 먹고
오래 살려고 약을 먹고

꼭지

꽃이 진 자리를
깎으니 딱딱하다
맛을 보니 쌉쌀
아니 쓰다
배꼽처럼 붙어 있는 꼭지
무엇인가 하나는
내어주고 가야 하는 생명들에게
남아 있는 것
쓴 사랑이 남겨놓은 생명의 여운
참외를 먹으며
어머니가 가시던 날
노자도 한 푼 올리지 못한
쓸쓸한 인연의 배꼽
잘려나간 딱딱한 기억

별을 세다

나는 혼자 별을 센다
별
그리고 나
별은 빛나고 있는데 나는 있는 걸까
저 별의 빛은 언제 밝힌 불빛일까
지금도 켜고 있을까
그리고 그러면
저 별도 나를 보고
별은 세상은 나는
있는 걸까
별은 빛나고 나는
2등성 3등성 4등성
어느 별이 더 밝을까
1등성이 졸다가 눈을 뜨는 밤
별을 세다

아버지 2

아버지가 생각났다
돌아가신 아버지
산소를 지날 때도
기일이 도달해도
생일이 돌아와도
생각나지 않았던 아버지
검은 콩국수를 먹으며
여름 땡볕을 온몸으로 받으며
시커먼 삼복 아버지
삼복의 가운데 생일
아버지가
눈물이 울컥 나오도록
지난봄이 돌아오자
돌아가신 아버지
아버지가 생각났다
꿈속에도 안 보이던
새까만 아버지가
검은 콩국수 속 얼음으로 남아 맴돌고 있었다

똥 싼 길

용산 가는 길목에서
다섯 살 내가 똥 싸고, 걷고 있다
비도 안 오고 안개도 없는 개울
기나긴 길을 걸어서
너털너털 울면서
바지는 한껏 무겁고
용산 가는 길목
다섯 살 내가
울면서 걷고 있다
차도 없고
사람도 없고
짐승도 없고
티브이도 없고
아버지도 어머니도
모두가 없던 길
용산일까 아닐까
가물가물한 다섯 살
아버지 어머니 누이동생이 살던 집

때로는 짐승이 먼저 몸 털고 일어서던 집

나는 용산인가 아닌가
똥 싼 기억만 있는 가물가물한 신작로

어머님 전상서

용화에 도착했습니다
55년 만에 본 용화는
많이 변했습니다
최소한 10년에 한 번 다섯 번은 바뀌었고
지금도 바뀌고 있는 중이어요
용화로 가는 길에는 신호수가 갈 길을 가리키고
용화는 공사 중이고 변하고 있었어요
오늘 도착한 용화에는 어머니가 건너던 다리는 그냥 있
구요
어머니가 연탄가스를 마시고 쓰러진 기억은 나는데
어머니는 없었습니다
나의 어린 시절을 따듯하게 데워준 연탄 온돌집
우리가 함께 살던 집도 없었습니다
감나무가 있는 언덕 밑에서
어머니가 잡아서 삶아주신 두더지를
나는 먹고 있었어요
몸이 약한 나는 두더지를 많이 먹었던 기억
내가 백일해를 앓고 있었는지 기억이 없어요

어머니 제가 용화에 도착했습니다
한 번은 가봐야지 했던 용화
누이동생과 아버지가 어머니와 나와
함께 살던 곳
감은 햇빛을 닮아 빨갛게 빛나구요
가을에 도착한 용화에서 나는 어머님께
이렇게 전해드릴 수밖에 없네요
엄마, 안녕

월훈, 마른장마

네 시는 고요하다
너에게로 가는 모든 시간도
나에게 있는 모든 시간도
상상 속에만 맴돌다 지나간
밤이 고요하다
아무것도 말하지 못한 밤
장마 지나가는 초복의 아침이 눈을 뜨는
내 마음이 아무 소리도 듣지 못하는
생명들이 각호산 넘어 민주지산 넘어
삼도봉을 드나들어도
세상은 고요하다
네 시는 고요하다
나의 사랑도
나의 믿음도
그대를 떠나도 볼 수 없었던
나를 떠나가던 나의 마음도 알 수 없었던
마른장마라고 비는 멈춘
옅은 안개 속의 나를

가만히 가리고 있는 슬픔으로

나를 바라보고 있는 달 빛 은 외 로 운

나의 고요가 먼저 찾아온 하늘

월훈이 드리운 새벽

제4부

특방어

나는 지금 제주도 서귀포 상설시장에서
살아 있는 회를 먹고 있다
커다란 방어 대방어도 아니고
팔 킬로가 넘는 특방어
횟집 주인은 특방어를 꺼낸다
작은 방어들이 수족관에서 그 바닥을 보고 있다
물에서 나와 공기에서 버르적거리며
땅을 치는 지느러미의 힘찬 퍼덕거림을
모든 방어들의 거대한 파도
특방어를 보고 있다
횟집 주인은 방망이를 들고
방어의 머리를 내리친다
방어는 쭉 뻗는다
온몸을 쭉
아가리를 크게 벌리고 아가미를 뻘겋게 드러내며
무언가 말하고 싶은 긴장된 시간
쭉 뻗어버린 욕망의 오르가슴
피도 흘리지 않은 방어

아가리를 벌리고 일 분

삼 분은 된 듯

지느러미의 붉은피톨들이 뿜어져 나올 듯

들리지 않는 소리를 지상에 퍼붓고 있는

수족관의 자식들은 반응이 없다

그냥 밖을 바라볼 뿐

눈물을 아무리 흘려도

수족관 바닷물

나는 고통의 순간을 넘긴

방어를 쭉 전신을 뻗고 입을 벌린

기절한 방어를 바라보다 등을 돌리고

말없이 식당으로 간다

아직도 입을 벌리고

부르르 떠는 지느러미

하늘로 날고 싶은 욕망

묵직한 등

제주에서 나는

살육의 본 방을 보고

사삼의 처절했던 삶을 생각하고

입이 있되 말하지 못한 세월을

생각하며 부들부들 떨고 있는 회를 먹으며

나는 눈시울이 뜨거운 오늘을

고추냉이의 매콤한 세월의 뒤에

벗겨진 푸른 방어의 등살과 같은 시절

아직 아무것도 해결하지 못한

시절의 넋들을 생각한다

이유를 모르고 죽어간 방어처럼

이유 없이 죽어간 섬사람들을

생각하며 눈물짓는 젓가락

시끄러운 노래

나는 이 시끄러운 나라에 사는 것이 행복하다

매일 무언가 해보고 싶은 것들이 일어서는 나라가 행복하다

부끄러운 보따리를 풀어헤치며 하나씩 해결해가는 것이

행복하다

감출 것이 없어진 나라가 행복하다

80년 100년 전의 암울했던 현실

깜깜한 밤길을 승냥이가 난무하는 길을 가던 선조들

70년 전 분단의 비극을 겪으며 반목의 세월을 견딘 아버

지의 아버지의 또 아버지

생각하면 눈물이 나고

다 벗고 마음까지도 잃어버린 역사 앞에서 우리는 빚진 자

나는 나라가 시끄러운 게 행복하다

조용하면 나라인가

수천만 일억이 모여 살며 더 시끄러운 나라

행복은 크게 올 것인데

아침 해는 동해를 일으켜 세우며 붉은색으로 온다

세상을 태우며 가슴을 태우며

온다

휴전선 깊이 물든 단풍도 타고

가슴도 활활 타오르는

11월에 앉아

언젠가 시끄러운 더 시끄러운 날을 기다린다

장마당에 보따리를 풀고

온 민족이 한풀이하는 날 시끄럽지 않고

행복할 수 있으랴

그날이 오면 나는 나오지 않는 목소리로 노래 부르리라

주상절리

손톱의

민무늬에 나타난 세로줄 무늬처럼

솟아 있는 바다의 바위들을 바라보며

저 바위를 안고 있는 속살들은 병들어 있겠다 싶다

나의 간장이나 신장이 아프다고 소리치는

손톱의 깊이에 빠진 주상절리와

저 바다의 파도와 마주 선

휴전선 주상절리들

손을 맞잡고 싶어도 자꾸 파도가 밀어내는 고통을

산맥을 타고, 강물을 타고 흐르고 싶은

바다는 부딪치고

파고를 만들고

갈라진 속마음 얼마나 아파

저리 불쑥 솟아올랐을까

손톱을 바라보며

국토의 중심에서 잘린 허리

망원경으로 바라보는 주상절리

금강산으로 이어지는

바윗덩어리

파도에 부딪히며

세파에 부딪히며

무사히 넘어갔다

무사히 넘어오던 길에서

이어질 듯 이어질 듯

병든 가슴이 되어 내미는 손끝

주상절리

분단된 국토의 아픔을

기둥으로 세우고

통일을 기다리고 있다

머리를 깎다

머리를 깎는다

제 손으로 자르지 못하는 머리

이발사에 의지해

쇠잔해가는 이발의 역사 앞에

한때는 치료의 의지로 붕대를 감고 빙빙 도는 상징

해방 후 지식인들은

양복 재단사, 이발사로

한 직업 하였던 시절과

거리의 나무 책상에 앉아서 머리를 깎던

기계 독이 올라 머리에 구멍구멍 하며 약을 바르던 시절

을 건너

머리가 반은 빠지고, 백발을 안고

머리를 깎는다

미라가 된 듯

이발사 검지로 누르는 손을 따라 움직이고

고체가 된다

한 시대도 고체처럼 흐르지 못하고

서 있었던

해방 후 이발사는 다 어디로 갔나

나는 후미진 골목을 찾아와

머리를 들이밀고

돋보기를 쓴 이발사에게 머리를 맡기고

시대의 한 점 사진

하이칼라가 멋진 사진을 본다

가위를 들고, 칼을 들고

번뜩이는 시대

이발소에서 물끄러미 바라보는 오늘

온 세상은 삭발이다

흔적
— 민간인 학살지 훼손을 보고

옛날에 옛날에 누가 살았는데요.

살기는 살았는데요.

산 사람은 살구요.

죽은 사람은 죽었고요.

옛날에 살았더래요.

산다는 것이 모두 죽음에 이르는 길이라는 것을

안 사람들 모두 죽었는데요.

죽은 사연은 동굴처럼 깜깜하고요.

찾을 수 없는 길에서요.

인광이 파랗게 불 밝히는 것을

사람들은 도깨비불이라고요.

제명에 죽은 사람 말고요.

제명에 죽지 못해 허공을 떠도는 것이라고요

말들하고, 그렇게

도깨비들은 모여서 수군거리는

계곡의 근처에서요.

사람들은 얼씬도 못 하고요.

바짓가랑이를 내리고 쉬 하는 영혼들이 바쁘게

움직이는데

지난날 총성이 울리고요.

무참히 무너지던 육신을 보고 있던 영혼이 갈 곳이 없었
는데요.

70년이 지나

무참히 지나가는 바퀴들이 있었는데요.

흔적을 찾을 수 없는 영혼들은

까만 밤을 웅성거리며 인광으로 빛나는데요.

도깨비불로 모여 빛나는데요.

이제는 쳐다보는 사람도 없이

세월은 흐르고 있었는데요.

그냥 아무렇지 않게 사람들은

도깨비의 소리를 듣지 못하는데요.

저녁에

밥을 먹는다는 것은
두레 밥상에 앉아 밥을 먹는다는 것은
혼자 밥을 먹으며
면벽 기도하는 사람은 모른다
하얀 벽에 머리를 들이대고 면벽을 하거나
유리창에 비친 모습을 보거나
고개를 들 때마다 지나가는 풍경 앞에서
밥을 먹는 것은
두레 밥상에서 같이 먹고
같이 웃고
같이 슬퍼하고
같이 분노하고
같이 노동하고
같이 사랑하고
같이 눈물 흘리고
같이 땀 흘리는
두레 밥상

밥을 먹는다는 것은 둥근 하늘처럼

같이 사는 일

혼자 밥을 먹으며 생각하는

두레 밥상

나의 돌아온 저녁을

뜬금없이 통일을

혼자 밥 먹고 있는 고통의 시간을 지나

같이 먹는 대동 세상

두레 밥상

마스크

마스크를 쓰면서

젊은 날
거리를 나서며 최루탄 가득한 세상을 피하며
얼굴을 가리며 했던 생각

'코로나 시대가 가면 마스크는 벗을 수 있을까요?'

우리는 불온한 시대를 벗을 수 없다는 생각을 하며

물음에 대한 답을 생각할 때

이미 모든 시대는 건너갔다

강물은 되돌아오지 않는다
세월도 흘러가면 돌아오지 않는다
사랑도

한 번 기명 되면 지워지지 않고 자꾸 따라 나오는 언어

혁명이라고 쓰고 쿠데타라 읽고
집회라고 쓰고 혁명이라고 읽는
오늘

우리는 우리의 가면을 벗을 수 있을까

그날의 기억

해원하려면 모자섬 밖으로 나가야 한다. 형제묘에서 바라보이는 모자섬 밖으로 나가 물길 따라 떠내려가야 한다. 마음 머무는 곳이 없으면, 그대로 물길에 몸 맡겨 더욱 깊은 물길로 나아가야 한다.

5월이라 좋은 날 새싹은 돋아오르고, 기억은 되살아오는데, 그날 10월에 죽은 사람들은 돌아올 줄 모르고 70년이 지나, 80년이 지나, 100년이 지나도 돌아올 줄 모르는데 살아 있는 것이 부끄러운 모자섬 밖의 이야기, 세월은 가고, 꽃피고, 열매로 맺는 세월은 자꾸 가는데 우리가 부끄러운지 무엇 하나 밝히기를 거부하는 것들이여, 여수는 순천은 벌교는 제주는 하고 기억하는가?

형제묘에서 모자섬을 바라보며, 여순 그날을 다 말할 수 있을까? 산으로 간 사람들을 잊을 수 있을까? 죽이고, 불태우고, 덮어버리고, 수장시키고 한세월을 잊어먹을 수 있을까?

죽은 사람의 기억이 남아, 산 사람의 길이 되는 바다 물길
따라가는 노래들

　기억해내야 잊을 수 있는 것들,
　기억해야 하는 것들을 기억해야 해원은 오는 것이다.
　밀물처럼 들어왔다 썰물처럼 빠져가는 것이다.

살의(殺意)

나의 마음은 종잡을 수 없는 것인데
나의 치욕이 무겁게 내리누르는 감을 알 수 있는데
그 무엇이냐 죽음에 이르는 길이
산다는 것이 죽음에 이르는 길임을
사는 것의 희망보다
사는 것의 즐거움보다
사는 것의 고통이 더하다면
죽음이라는 것에 대하여
모기가 내 살에 머리를 박고 있는 것 같은
근육에 힘을 주고
빠지지 않는 빨대 같은 입을 원망하라
하며
나는 죽음을 생각했다
죽이는 것을
죽는 것을
모기는 나를, 나의 살 깊숙이 뿌리 내리고
성욕을 꿈꾸지만
그대의 꿈은 이미 아지랑이가 되었다

내 살 깊이 뿌리를 내릴 때
내가 몰랐다면 하면서
나의 살의
이미 내가 뿌리박고 어쩌지 못하는 세상
누군가 내려 보고 있는 것 같은
죽음에 대하여 나는 생각한다

노랑 지붕

내가 사는 아파트 9층에서 바라보는 노랑 지붕 집

봄이 오면, 즉 사월이 오면 슬프다

나를 바라보는 노랑이

검은 이끼처럼 돌아누울 때

나는 사월의 아이들이 여럿

목련이 웃던 것처럼

울음이 울컥하고 오면

비 오던 그날

숨을 멈추고 지켜보던 그날

사월 십육일

푸르른 바다에

푸른 배를 뒤집고 있던 배

아이들은 그리고 사람들은

모두 배와 더불어 침몰되고

십 년이 지나도 나오지 않고

상전벽해 그렇게 말을 해도

변하지 않는 세월을 지나

이천이십이년 시월 이십구일 또

세상의 파도 속으로 사라지고

잊히지 않는 세월을 옥상은 말한다

아직도 검은 테를 지우지 못하고

이천십사년의 사월을

피지 않은 꽃들과 같이 팽목항에 날리고 있는

노랑 리본처럼 검게 퇴색되고

보라색 리본이 날리는

이천이십이년의 꽃들은 지고

압사되어 도망갈 곳도 없는

세상에 갇히어 서서 죽은 사람들의 기억도 없이

벽도 없어지고

희생도 없고 기억도 없는

그냥 참사로 기록되는

이천십사년, 이천이십이년

사월과 시월 사이

노랑 지붕 집은 아직도 누가 산다

슬픔도 없이

그냥 산다

민주를 찾습니다

민주를 찾습니다
얼마 전 고공 농성을 하다가
곤봉에 맞아
피 흘리고 떠나간
민주를 찾습니다

삼권 분립을 해체하고
독점적 권력을 유지하려는 자유에게서
모든 억압의 물결로 드리운 천구백칠팔십년대
선배들이 피 흘리며 목숨 걸고
그리워 목메게 찾아놓은 민주를 찾습니다

민주를 찾습니다
나로도에서 발사되는 우주선에 실려
떠나가지는 않았나
텔레비전 앞에서 눈을 뜨고 쳐다보았습니다
자랑스러웠습니다
감쪽같이 우주로 사라지면서

우주로 한 발 가까이 가고
회신 중인 우주 위성들이 주고받는 교신에도
민주는 없었습니다

민주를 찾습니다
나이지리아와 팔 강 경기에서도
최석현의 헤딩과 함께 골대 안으로 들어갔는지
눈을 비비며 찾았습니다
이겨서 기분은 좋은데
골은 골대로 들어가 응원의 소리가 울리는데
민주는 없었습니다

민주를 찾습니다
무한 방종의 자유에 쫓겨 어디로 간지 모르는 민주
자유는 미국에도
자유는 일본에도
굴종하고
자유는 중국에서도

자유는 러시아에서도
떠나가고

자유는 미운 놈에게 떡 하나 더 주는 자유를 주고
민주는 어디론가 떠나갔습니다
민주를 찾습니다

자유는 후쿠시마 원전의 물을 마시는 자유를
자유는 후쿠시마 오염수를 먹고 자란 물고기를 먹는 자유
를
자유는 무한대의 방사능에 노출되는 자유를
자유는 방종하는 자유만을
자신만을 위한 자유를 위하여 쫓아낸
민주를 찾습니다

어디로 간 줄 모르는 민주
국민이 이전에 찾아놓은 민주를
어디서 본 적 없나요 민주

예쁘게 생긴 민주를

어디서 보아도 금방 알 수 있는 민주

목 놓아 애타게 찾습니다

풀꽃

— 서안나 시인 「애월」을 읽고

모두 꽃이 핀다

조용히

사람이 드러누운 입자만큼

없어진 자리만큼

총성이 지나간 소리만큼

불사르고 남은 재만큼

조용히

아주 조용히

모두 꽃이 핀다

애월

또는 죽어간 사람들의

제주도만큼

풀꽃이 핀다

땅에 낮게 아무도 모르게

숨죽이고

꽃이 피었다 또 지고

작은 노래가 되어

애월을 덮고

제주를 덮고

나라를 덮고

세상을 덮고

서안나 시인의

가슴을 덮고

애월의 노래가 되고

사랑은 조용히

그날의 차가운 들풀처럼

조용히 꽃을 피운다

작업일지 1
― 새벽

새벽

어떤 새벽

전화가 온다

"나 장비 뺄겨"

나는 말을 할 수 없었다

"예, 알겠습니다."

새벽 또 다른 누구에게

전화한다

세상은 고요하다

5시는 그렇게 오고

잠을 자지 못하고

나는 운동장만 한 머릿속

하얀 겨울 텅 빈 새벽을

다 낡은 차로 간다

새벽을 새벽답다고 하며

나오지 않는 돈

새벽에 그만둔다고 하는 마음과

내 마음의 거리를

돈과 일의 현실

나는 누구인가

사장에도 속하지 않고

일꾼에도 속하지 않는

동지를 앞둔

새벽의 길은 멀고 캄캄한 날

누구에게 나는 어떤 일을 시킬 수 있는 것일까

사장의 지갑은 깊고

일꾼의 목구멍은 짧은 겨울

작업일지 2
― 9,8m/sec2

크레인에 들어 올려진 철근

가운데가 볼록하게

위험하게 그리고

중력가속도를 버티고 있는 힘

들어 올려진 것들은 반역이다

힘을 역으로 이용하는

한쪽 끝의 철심이 내게 왔을 때

"거기 놓으세요"는 힘을 모르는 힘

가역성이다

떨어지고 싶은 것

내려오고 싶은 것

바람은 고요히 분다

아프지 않은 시간이 분다

그리고 지상으로 향하는 중력은

꿈적하지 않고 누른다

무거움의 통증은 중력이 잡아당기는

반역

노동의 시간

72시간 69시간 아니면 60시간이 넘지 않게
외치는 정부의 말이 있는 뉴스가 끝나고

딸아이가 야근을 마치고 온 시간
회사의 급식 타령을 하는 10시 무렵
나는 졸린 눈꺼풀을 아래로 내린다
가슴이 서늘해지는 순간
어제 노동의 현장에서 쓰러진 친구는
오늘 죽었다

딸은 노동의 냄새를 풍기며
52시간도 힘든데 하며
잠들고
새벽 골목을 돌며 새벽을 깨우던 신문팔이로
청춘을 받친 점일이 형이 택배를 하고
늦은 밤 샤워를 하다 죽은 깨끗한 시대를 생각한다
김용균이 사지가 잘려 죽은 시대
전태일이 온몸에 불을 붙이고 근로기준법을 안고 죽은 시대

딸의 세상은 고요해졌는데

반죽 기계에 압사해 죽은 SPC 회사 빵은 안 먹는 시간

딸은 잠들고

김용균 이후 보령지역 발전소 화부는 떨어져 죽고

알루미늄 포일 공장 노동자는 압사해 죽고

제강회사 노동자는 기계에 끼어 죽고

건설 현장 노동자는 볕 좋은 봄날 하늘로 오르다 떨어져
죽는 사선에서

우리는 산다

노동은 즐거움이고

노동은 행복이고

노동은 사랑이고

노동이 사는 것이고

노동이 희망인 사람들

시간을 생각한다

노동의 시간

새벽의 길을 따라 현장으로 가는 나를

72시간이면, 69시간 또는 59시간

잠 안 자고 3일 꼬박 일하고 4일 편하게 휴식하자고

코미디 같은 새벽길은 구부러져 있고

까마득한 안개가 겹쳐오는

죽음 앞에선 노동의 시간

이순(耳順)의 길

맹문재

1.

만해 한용운이 시작품 「나의 길」[1]에서 제시했듯이 이 세상에는 많은 길이 있다. 산길이 있고, 뱃길이 있다. 새와 곤충의 길이 있고, 달과 별의 길이 있다. 서산에 지는 해는 붉은 노을을

---

1 "이 세상에는 길도 많기도 합니다./산에는 돌길이 있습니다. 바다에는 뱃길이 있습니다. 공중에는 달과 별의 길이 있습니다./강가에서 낚시질하는 사람은 모래 위에 발자취를 냅니다. 들에서 나물 캐는 여자는 방초(芳草)를 밟습니다./악한 사람은 죄의 길을 좇아 갑니다./의(義) 있는 사람은 옳은 일을 위하여는 칼날을 밟습니다./서산에 지는 해는 붉은 놀을 밟습니다./봄아침의 맑은 이슬은 꽃머리에서 미끄럼 탑니다.//그러나 나의 길은 이 세상에 둘밖에 없습니다./하나는 님의 품에 안기는 길입니다./그렇지 아니하면 죽음의 품에 안기는 길입니다./그것은 만일 님의 품에 안기지 못하면, 다른 길은 주검의 길보다 험하고 괴로운 까닭입니다./아아 나의 길은 누가 내었습니까./아아 이 세상에 님이 아니고는 나의 길을 낼 수가 없습니다./그런데 나의 길을 님이 내었으면 죽음의 길은 왜 내셨을까요."(한용운, 「나의 길」, 『님의 침묵』, 푸른생각, 2019, 28쪽)

밟으며 길을 내고, 봄 아침의 이슬은 꽃머리에서 미끄럼을 타며 길을 내며, 강가에서 낚시질하는 사람은 모래 위에 발자국을 낸다. 악한 사람은 죄의 길을 좇고, 의(義) 있는 사람은 옳은 길을 위해 칼날도 밟는다.

시작품에 길이 많이 등장하는 이유는 그것의 상징성이 크기 때문이다. 산길이나 찻길이나 뱃길 같은 대상뿐만 아니라 종교의 길, 정치의 길, 학자의 길, 예술의 길, 어머니의 길, 의사의 길 등에서 볼 수 있듯이 길은 무수히 많은 상징성을 갖는다. 또한 길에는 시인의 세계관이 들어 있다. 만해가 "나의 길은 이 세상에 둘밖에 없습니다."라고 단언한 것이 그 예이다. 만해가 인식한 두 길이란 "하나는 님의 품에 안기는 길"이고, "그렇지 아니하면 죽음의 품에 안기는 길"이다. 만해가 죽음 아니면 삶이라는 길을 제시한 것은 그만큼 님을 품으려는 열망이 강한 것이었다.[2]

박원희의 작품들에서도 길은 시세계의 토대이자 시인이 궁극적으로 추구하는 방향이고 가치이다. 「산길」「떠나는 길」「비단길」「보살사 가는 길」「장승백이 골목길」「똥 싼 길」 등이나, "갈 길 없는 길"(「장마」), "어두운 길"(「존재」), "서울 가는 길"(「구름의 두께」) 등의 구절에서 확인된다.

박원희 시인이 제시한 길 중에서 이순(耳順)을 나타낸 작품들이 특히 눈길을 끈다. 주지하다시피 이순은 공자의 『논어』 위정

2 맹문재, 「길의 시학」, 『시학의 변주』, 서정시학, 2008, 30~31쪽.

편에 나오는 말로 사람의 나이 예순 살을 이른다. 공자는 자신의 일생을 회고하며 인격의 형성 과정을 육십이이순(六十而耳順)이라고 술회했다. 예순 살이 되어 천지만물의 이치에 통달해 다른 사람의 말을 순순히 들을 수 있게 되었다고 한 것이다.[3]

박원희 시인의 시 세계에는 공자가 술회한 이순의 삶이 여실하다. 모든 해를 살아왔지만 그 경험들에 함몰되지 않고 현재를 살아간다. 걸어가는 길의 끝이 있지만, 퇴로가 없다고 여기고 포기하지 않는다. 주체성을 견지하면서 별을 따라 길을 간다. 원망을 잊은 지 오래고, 불효를 반성하는 데 그치지 않고 부모님의 길을 따른다. 다른 사람에게 도움이 되는 착한 길과 옳은 길을 걷는다. 삶은 언젠가는 막을 내린다는 것을 알고 있지만, 곡예 같은 사랑을 멈추지 않는다. 많은 생명체를 품고 있는 산처럼 시인의 발걸음은 고요하고 넉넉하다. 그러면서도 시끄러운 세상이야말로 무언가 해보고 싶은 것들이 일어나는 터전이라고 여기고 들어선다.

2.

　　장연에서 길을 잃었다
　　사람이 없어진 곳에서는
　　집도 없는 것이다

3　신춘호 역주, 『논어』, 푸른사상사, 2021, 49쪽.

임인년을 보내는 밤
옛사람의 흔적을 찾아서
별을 따라온 길
연락도 해보지 않고
기별도 없이 왔으니
이제 나는 문경으로 가야 하나
괴산으로 가야 하나
이정표를 바라보며
나를, 길을 묻는다
계묘년을 맞이하는 세밑
나는 육십갑자
모든 해를 살아본 경험이 있는데
모든 해가 낯설었듯
오늘이 낯설다
항상 그곳은 그냥 있을 것 같은 생각에
내 뒤통수는 까이고
세월에도 까이고
다시 돌아온 육십갑자가
까르르 웃다가
별을 따라 검은 눈밭을
검은 토끼가
검은 밤을
뛰는 듯
나는 별을 보고 있으면서
갈 길을 잃은 밤

—「방황」 전문

위의 작품의 화자는 충청북도 괴산군 동북부에 있는 "장연에서 길을 잃었다". 화자는 인연이 깊은 사람을 찾아 그곳에 갔지만, 만나지 못했다. "사람이 없어진 곳"이어서 "집도 없는 것"을 확인했을 뿐이었다. 화자가 그곳을 찾아간 때는 "임인년을 보내는 밤"이라고 밝혔듯이 2022년 마지막 밤이었다.

화자는 장연의 지인에게 "연락도 해보지 않고/기별도 없이" 갔다. 그 대신 하늘의 별을 바라보며 "옛사람의 흔적을 찾아" 갔다. 화자가 별을 따라 그곳으로 간 것은 전형화된 시대를 극복한 모습이다. 루카치(Georg Lukacs)가 『루카치 소설의 이론』에서 "별이 빛나는 창공을 보고 갈 수가 있고 또 가야만 하는 길의 지도를 읽을 수 있던 시대는 얼마나 행복했던가? 그리고 별빛이 그 길을 훤히 밝혀주던 시대는 얼마나 행복했던가?"라고 진단한 것과 상통한다. 물질 가치가 지배하는 이 자본주의 사회는 "이제 어떠한 불빛도 더 이상 사건의 세계 위나 영혼이 완전히 소외된 그 세계의 미로 위를 비추지 않"[4]는 것이다. 따라서 화자가 "이제 나는 문경으로 가야 하나/괴산으로 가야 하나/이정표를 바라보며" 묻는 것은 방황하는 모습이 아니다. 불안을 느끼거나 불운하다고 여기는 것도 아니다. 그보다는 새로운 길을 진지하게 모색하는 모습이다.

화자가 장연을 찾아간 임인년의 마지막 밤은 "계묘년을 맞이하는 세밑"이기도 하다. 화자에게 계묘년은 "나는 육십갑자"

---

4 G. 루카치, 『루카치 소설의 이론』, 반성완 역, 심설당, 1998, 25~35쪽.

라고 밝히고 있듯이 환갑(還甲)의 해이다. 화자는 환갑을 앞두고 새로운 삶을 시작하려고 자신의 뿌리를 찾아 그곳에 간 것이었다. 화자는 "항상 그곳은 그냥 있을 것 같은 생각"을 해왔는데, 현실은 달랐다. 그 상황에서 화자는 "모든 해를 살아본 경험이 있"지만, 그 "모든 해가 낯설었"고, 오늘도 그러하다고 고백한다. 그만큼 변화하는 환경에 새로운 결의로 적응하려는 것이다.

화자는 환갑이란 나이가 어느덧 눈앞에 다가온 것을 바라보며 자신의 유한함을 생각하면서 "내 뒤통수는 까이고/세월에도 까"인다고 토로한다. 자신의 의지와 상관없이 시간은 흐르고, 시간의 흐름에 따라 인연도 사라지는 것을 그곳에서 깨닫는다. 새로운 진리를 발견한 것이 아니라 실재를 다시금 확인한 것이다. 화자는 "다시 돌아온 육십갑자가/까르르 웃"는 것처럼 자신을 되찾는다. "별을 따라 검은 눈밭을/검은 토끼가/검은 밤을/뛰는 듯" 길을 걷는다. 자신이 선택한 길을 운명으로 받아들이고 기꺼이 나아가는 것이다.

> 아버지도 떠나간 사람
> 나의 삶을 비껴 하늘을 만들고
> 아무것도 없게 만든 아버지
> 형제를 접고
> 세상을 접고
> 나는 혼자 길을 간다
> 소통할 수 없는 거리

대화의 공간도 잊힐 공간도 없는

옛집을 찾아가도

그림자도 없어진 아버지

나는 하모니카 소리 깊게 우는 시간을 거쳐 간 시대를

기타 소리에 울먹이며 딩딩 울던 시간 앞에서

아버지를 생각한다

원망도 불효도 잊은 지 오래

살고 있는 곳에서 잘 살기를

바람이 부는 날 나는 모두를 날려 보낸다

삶이란 혼자 사는 것

죽음도 삶의 과정이면 죽음도 혼자 하는 것

아버지의 기타 치는 소리

하모니카 울음소리

멀리 어머니의 부름 소리

꿈길에서

나는

아버지를 못 보살핀, 어이 말할까

원망이 묻어나는 어머니 꿈길에서

눈을 꼭 감으시고

큰길을 보시는데

꿈길에도 안 보이는

아버지

―「아버지」 전문

위의 작품에서 화자는 "아버지도 떠나간 사람"이라고 말한
다. 보조사 '도'의 사전적 의미가 어떤 것이 다른 것과 마찬가

지로 역시 그러한 것을 나타내기에, 아버지 또한 다른 사람과 마찬가지로 이 세상을 떠나간 존재자로 생각하는 것이다.

그런데 아버지에 대한 화자의 태도는 다소 부정적이다. 화자는 자신의 아버지가 "나의 삶을 비껴 하늘을 만들고/아무것도 없게 만든" 장본인이라고 여긴다. 그리하여 화자는 "형제를 접고/세상을 접고" "혼자 길을" 가고 있다. "소통할 수 없는 거리"를 헤매고 다닌다. "대화의 공간도 잊힐 공간도 없는/옛집을 찾아가도" "없어진 아버지"를 만날 수 없다. 만나지 않기를 바라기도 한다.

그렇지만 화자는 "하모니카 소리 깊게 우는 시간을 거쳐 간 시대"며 "기타 소리에 울먹이며 딩딩 울던 시간 앞에서" 아버지를 떠올린다. 천륜을 거부할 수 없기 때문이기도 하지만, "원망도 불효도 잊은 지 오래"이기 때문이다. 화자는 아버지를 원망하거나, 불효에 대한 죄책감에 함몰되지 않는다. 그 대신 "바람이 부는 날" 그 "모두를 날려 보"내고, "살고 있는 곳에서 잘 살"려고 한다.

화자는 "삶이란 혼자 사는 것"이라는 진리를 아버지로부터 배웠다. 그 배움으로 말미암아 "죽음도 삶의 과정이면 죽음도 혼자 하는 것"이라고 인식한다. 화자는 아버지를 떠올리며 "멀리 어머니의 부름 소리"도 듣는다. 어머니는 돌아가실 때 아버지를 당부했지만 화자는 제대로 보살펴드리지 못했다. 화자는 "도무지 헤아릴 수 없는 나의 불효를/진갑을 앞두고 외"(「어머니 생신에」)우지만, 아버지는 아무 말씀이 없다. "꿈길에도 안 보"인다. 당신은 자식을 위해 진력을 다했기에 더 이상 나타나지 않는 것이다.

화자는 진갑(進甲)을 바라보며 "삶이란 혼자 사는 것"이라는 아버지의 가르침을 가슴에 새기며 걸어간다. 환갑이 60갑자가 한 바퀴 돌아 원점이 된 것이라면, 진갑은 새로운 갑자로 나아가는 것이다. 화자는 아버지의 그림자에 갇히지 않고 홀로서기를 이룬 존재자가 되고자 한다. 과거에 의존하지 않고 미래에 기대지 않고 걸어가는 동안에 집중하는 것이다.

3.

　　　떠나는 길에는
　　　돌아오지 않는 자세로 떠나야 한다
　　　가는 길은 끝이 있어도
　　　퇴로가 없는
　　　살아본 길은 있어도
　　　살아갈 길은 없는
　　　적막한 삶이 기다리고 있는
　　　막다른 길

　　　떠나는 길에는
　　　준비는 있어도
　　　준비의 설렘은 있어도
　　　설렘의 마지막은 없는

여명의 새벽처럼
나지막한 빛이 있을 뿐
그 빛만이 찬란하게 보일 뿐
기다림은 흔적 없이 지워지고 말아
고요한 세상

떠나는 길에는
이미 미래는 정해진 길
과거는 사라지고
머물러 있는 사람도
사라지고

떠나는 길에
섰을 때
이미 떠난 것들만 있을 뿐
모두 사라져갈 뿐

—「떠나는 길」 전문

위의 작품의 화자는 이순의 나이에 이르러 "떠나는 길에는/
돌아오지 않는 자세로 떠나야 한다"고 다짐한다. "가는 길은 끝
이 있어도/퇴로가 없"다고 마음먹는다. 실제로 화자의 앞날이
란 "적막한 삶이 기다리고 있는/막다른 길"이다. "살아본 길은
있어도/살아갈 길은 없"는 것이다.

화자는 "떠나는 길에는/준비는 있어도/준비의 설렘은 있어
도/설렘의 마지막은 없"다며 자기의 길에 대한 인식을 심화시

킨다. 떠나는 길에는 준비가 있고, 그 준비는 지극히 설레는 것인데, 설렘의 끝은 없다. 화자는 이 사실을 인정하고 끝이 없는 설렘을 지니려고 한다. 그렇다고 요란스럽게 움직이지 않는다. 설렘에는 "여명의 새벽처럼/나지막한 빛이 있을 뿐"이고, "그 빛만이 찬란하게 보일 뿐"이기 때문이다. 그리하여 "기다림은 흔적 없이 지워지고" "고요한 세상"이 되는 것을 따른다.

화자는 "떠나는 길에는/이미 미래는 정해"져 있다고 인식한다. "과거는 사라지고/머물러 있는 사람도/사라지고" 자신만 남는다는 것도 알고 있다. 따라서 외로워하거나 원망하는 마음이 아니라 설레는 마음으로 혼자 떠난다. "삶이란 혼자 사는 것"(「아버지」)이라는 아버지의 가르침을 착하게 이행하는 것이다.

화자가 혼자 길을 걸어간다는 의미는 외롭게 홀로 걷는다는 것이 아니라 온 힘을 다해 걷는다는 것이다. 곧 "산다는 것은 목숨을 거는 일"이라는 자세를 견지하는 것이다. 삶의 가치를 견고하게 가지고, 아무리 힘들고 희망이 보이지 않는다고 하더라도 포기하지 않는다. "삶과 죽음의 경계에 있다는 것은 목숨을 걸어야 할지/버려야 할지를"(「테트라포드」) 결정하는 일인만큼 삶을 놓지 않는 것이다.

살아가는 일은 결국 자기로의 귀환이다. 자기 자신에게 몰두할 수밖에 없다. 미래의 존재자가 아니라 현재의 존재자로서 자신과의 관계에 얽매인다. 자기 존재에 대한 긍정으로 자기의 길에 대한 책임을 회피하지 않는다. 결국 자기 정체성을 심화시키는 다원론적인 존재자가 되는 것이다.

보살사 가는 길에 나는 보았다
접신을 하는 잠자리 떼
붉은 노을을 잔뜩 이고 풀 끝에서
바람에 일렁이며
곡예 하는 사랑을 보았다
삶은 언젠가 끝나는 것
붉은 노을처럼 활활 타오르다
어둠으로 들어가듯
접신을 마친 잠자리들이 각자 날아다니는 풍경
붉은 가을 저녁
보살사에 부처님
오셨나
가셨나

—「보살사 가는 길」 전문

위의 작품의 화자는 "보살사 가는 길에"서 "접신을 하는 잠자리 떼"를 바라본다. 화자는 잠자리의 몸에 신령이 지핀 것으로 여기는데, "붉은 노을을 잔뜩 이고 풀 끝에서/바람에 일렁이며/곡예 하는 사랑"을 발견한 것이다. 그 상황에서 붉은 노을이 눈길을 끈다. 해가 지려고 하는 때에 햇빛을 받은 하늘이 붉게 물드는 현상인 노을은 곧 이순에 이른 화자의 모습이다. 노을은 해가 뜨려고 하는 때에도 보이지만, 위의 작품에서는 저녁 무렵이 확실하다. 잠자리가 풀 끝에 매달려 바람에 일렁이는 모습을 곡예 하는 사랑으로 노래한 것도 주목된다. 삶이란 누구에게나 예외 없이 바람에 흔들리는 것이지만, 그 상황을 긍정하고 사랑을 노래하는 것이다.

화자는 "삶은 언젠가 끝나는 것"이라고 말한다. 그것은 거부할 수 없는 진리이다. 화자는 "붉은 노을처럼 활활 타오르다/어둠으로 들어가듯/접신을 마친 잠자리들이 각자 날아다니는 풍경"을 바라보며 자기가 걸어갈 길을 생각한다. 어떻게 살아가야 할지를 고민하는 것이다. 그러다가 "붉은 가을 저녁"의 "부처님"을 발견한다.

무섭기는 무섭데요
걸어가는 것도 아니고
차를 타고 가는 데도
짐승이 되어버린 것 같데요
산에는 많은 생명을 품고 있지요
어릴 적부터 겁 많은 나는
혼자 고모 집 넘는 언덕길도 밤에는
가지 못하고
산길을 늦은 밤
오늘은 가는데
고라니 한 마리 불빛에 놀라 나를 보구요
비척비척 껑충껑충 뛰어서
들어갈 숲을 못 찾고
한참을 뛰어가다가 숲으로 들어갔어요
숨 가쁜 시간
감쪽같이 없어지니
너구리가 나타났어요

북슬북슬 잿빛 털이 빛나는
그놈은 옆구리 길로 가려고 보는데
잘 보이지 않나 봐요
밤에 검은 밤에 달빛을 가는데
하얀빛이 어둠보다 더 짙은 암흑이었는지
길에서 길을 못 찾고
숲을 바라보고
아니 보일 때까지 보고 있는 듯
라이트를 끄고
나는 서 있었어요
길가 숲으로 들어갈 때까지
잠깐이지만 긴 시간이었어요
아무래도 산길에서 차 안의 나보다
그놈들이 더 공포이었겠지요
미안한 산길
그들에게는 내가 간 길은
길이 아니었는지도 모르지요

　　　　　　　　　　　　　　　　—「산길」 전문

　위의 작품의 화자는 밤에 산길을 걷는 것을 무서워한다. "걸어가는 것도 아니고/차를 타고 가는 데도/짐승이 되어버린 것 같"은 두려움을 느낀다. 화자는 "어릴 적부터 겁"이 많아 "혼자 고모 집 넘는 언덕길도 밤에는/가지 못"했다.
　화자가 이순의 나이에 늦은 밤 산길을 가면서 무서워하는 것은 차원이 다르다. 어렸을 때는 그야말로 위협을 느껴 마음이

142

불안했다면, 이순의 나이에는 다른 존재들에게 해를 끼칠까 봐 무서워하는 것이다. "산에는 많은 생명"이 있기에 밤에 산길을 가다가 그들을 위험에 빠뜨릴까 봐 두려운 것이다.

아니나 다를까, 화자는 산길을 가다가 "고라니 한 마리 불빛에 놀라"는 장면을 맞닥뜨렸다. 고라니는 "비척비척 껑충껑충 뛰어서/들어갈 숲을 못 찾고/한참을 뛰어가다가 숲으로 들어갔"다. 화자는 고라니가 자동차 불빛에 놀라 허둥대는 모습을 바라보면서 두려웠고 미안했다.

화자는 고라니가 "숨 가쁜 시간"에 갇혔다가 "감쪽같이 없어"져 다소 마음을 놓았는데, 곧바로 "너구리가 나타"나는 바람에 다시 무서움을 느꼈다. "북슬북슬 잿빛 털이 빛나는/그놈은 옆구리 길로 가려고 보는데/잘 보이지 않"는지 길을 찾지 못했다. "검은 밤에 달빛을 가는데/하얀빛이 어둠보다 더 짙은 암흑이었는지" 허둥대는 것이었다. 그리하여 화자는 숲을 바라보면서 "라이트를 끄고" 서 있었다. 그 시간은 고라니가 "길가 숲으로 들어갈 때까지/잠깐"이었지만, 길게 느껴졌다. "차 안의 나보다/그놈들이 더 공포"를 느꼈다고 생각한 것이었다. 화자는 미안한 마음을 가지고 "그들에게는 내가 간 길은/길이 아니었는지도 모"른다고 반성한다.

이와 같은 화자의 자세가 곧 자비의 마음이다. 자비는 중생들에게 즐거움과 복을 주고 고통과 괴로움을 없게 하려는 부처님의 정신에서 비롯되었다. 큰 사랑과 가엾게 여기는 마음인 것이다. 화자가 고라니와 너구리를 비롯해 이 세계의 존재

들과 함께하려는 것이 그 모습이다. 결국 화자는 사회적 존재
들과 어울려 살아가려고 하는 것이다.

4.

　　나는 이 시끄러운 나라에 사는 것이 행복하다
　　매일 무언가 해보고 싶은 것들이 일어서는 나라가 행복하다
　　부끄러운 보따리를 풀어헤치며 하나씩 해결해가는 것이 행
복하다
　　감출 것이 없어진 나라가 행복하다
　　80년 100년 전의 암울했던 현실
　　깜깜한 밤길을 승냥이가 난무하는 길을 가던 선조들
　　70년 전 분단의 비극을 겪으며 반목의 세월을 견딘 아버지
의 아버지의 또 아버지
　　생각하면 눈물이 나고
　　다 벗고 마음까지도 잃어버린 역사 앞에서 우리는 빚진 자
　　나는 나라가 시끄러운 게 행복하다
　　조용하면 나라인가
　　수천만 일억이 모여 살며 더 시끄러운 나라
　　행복은 크게 올 것인데
　　아침 해는 동해를 일으켜 세우며 붉은색으로 온다
　　세상을 태우며 가슴을 태우며
　　온다
　　휴전선 깊이 물든 단풍도 타고
　　가슴도 활활 타오르는

11월에 앉아
언젠가 시끄러운 더 시끄러운 날을 기다린다
장마당에 보따리를 풀고
온 민족이 한풀이하는 날 시끄럽지 않고
행복할 수 있으랴
그날이 오면 나는 나오지 않는 목소리로 노래 부르리라

　　　　　　　　　　　　　—「시끄러운 노래」전문

　위의 작품의 화자는 "나는 이 시끄러운 나라에 사는 것이 행복하다"고 말한다. 화자는 자신이 걸어가는 세상이 시끄럽지만, 현실을 부정하거나 회피하지 않는다. 오히려 "매일 무언가 해보고 싶은 것들이 일어서는 나라"이기에 행복하다고 여긴다. 그렇기에 화자는 "부끄러운 보따리를 풀어헤치며 하나씩 해결해가"려고 한다.

　화자의 자세는 단순한 관념이 아니라 역사의식을 토대로 한 것이다. "80년 100년 전의 암울했던 현실/깜깜한 밤길을 승냥이가 난무하는 길을 가던 선조들"은 물론이고, "70년 전 분단의 비극을 겪으며 반목의 세월을 견딘 아버지의 아버지의 또 아버지"를 품은 것이다. 화자는 그 아버지들을 "생각하면 눈물이" 난다고 고백한다. 또한 "다 벗고 마음까지도 잃어버린 역사 앞에" 빚졌다고 경의를 표한다. 마치 김수영이 "썩어빠진 대한민국이/괴롭지 않다 오히려 황송하다 역사는 아무리/더러운 역사라도 좋다"(「거대한 뿌리」)라고 노래한 것과 같다.

　화자는 "조용하면 나라인가"라고 반문하며 "수천만 일억이 모여 살며 더 시끄러운 나라"가 되면 "행복은 크게 올 것"이라고 기대한다. "아침 해는 동해를 일으켜 세우며 붉은색으로", "세상을 태우며 가슴을 태우며" 온다고 희망한다. 화자의 희망은 "휴전선 깊이 물든 단풍도 타고/가슴도 활활 타오르는" 데서 볼 수 있듯이 분단 조국의 상황을 반영한 것이다. "장마당에 보따리를 풀고/온 민족이 한풀이하는 날 시끄럽지 않고/행복할 수 있으랴"라는 데서도 확인된다. 화자는 "그날이 오면 나는 나오지 않는 목소리로 노래 부르리라"고 선언한다. "그날이 오면, 그날이 오면은" "종로의 인경(人磬)을 머리로 들이받"(「그날이 오면」)겠다고 외친 심훈의 목소리도 들려온다.

시끄러운 노래를 적극적으로 부르려고 하는 화자의 태도는 사회 및 정치 참여와 결부된다. "모든 억압의 물결로 드리운 천구백칠팔십년대/선배들이 피 흘리며 목숨 걸고/그리워 목메게 찾아놓은 민주"(「민주를 찾습니다」)를 되찾으려고 한다. "김용균 이후 보령지역 발전소 화부는 떨어져 죽고/알루미늄 포일 공장 노동자는 압사해 죽고/제강회사 노동자는 기계에 끼어 죽고/건설 현장 노동자는 볕 좋은 봄날 하늘로 오르다 떨어져 죽는 사선에서"(「노동의 시간」) 살아가는 노동자들도 직시한다.

화자는 이순의 나이에 이르러 자신의 길을 진지하게 걸어가고 있다. 떠난 길은 다시 되돌아오지 않겠다는 자세로 나아간다. 삶의 가치를 견고하게 가지고 아무리 힘들더라도 포기하지 않는다. 자본주의가 강요하는 시간에 함몰되지 않고 창공에서 빛나는 별을 바라보며 걸어간다. 자신이 선택한 길에 방황하거나 두려워하지 않는다. 외로워하거나 불행하다고 여기지도 않는다. 자식을 위해 최선을 다한 부모님의 길을 새기고, 다른 사람들과 어울려 살아가려고 한다. 자기를 긍정하는 현재진행형의 사회적 존재자가 되는 것이다.

孟文在 | 문학평론가 · 안양대 교수

푸른사상 시선

고양이의 저녁

박원희 시집